棒球人生賽 5th

蠢羊——編繪

CONTENTS

第29回．百岳訓

嗨大家好！我是登山界最可愛的雪羊！在這回裡擔任各位的導遊！一切入山手續都辦好囉！
有任何暈車、高山症症狀，請立刻告訴我喔！
……
沒人要吐槽導遊是隻羊這件事嗎？
作者都是羊了導遊是羊很正常啊哈哈！
特別合作：雪羊視界
Vision of a Snow ram
雪羊
峰生不來真的沒關係嗎？
我有給他自主訓練菜單。
聽其他老師說他上課都在睡覺，狀況沒什麼改善，成績也很後面，真讓人擔心……
我以前成績也很爛啊，會英文就好。
不要在這種地方同步！
眼下要擔心的不是峰生……

……是這群傢伙的破爛守備。

我們的目的地在中央山脈最高峰秀姑巒山南方，不過遊覽車到不了，請下車用走的吧！
起點
北山
玉山國家公園
南投縣
高雄市
目的地
休息點

入山之後請勿大聲喧嘩喔！
竟然是用兩腳走路嗎……

我幫妳拿吧。
不、不用！我可以……
沒關係。
山路不好走，可以抓著我沒關係。
我……我自己揹就可以了……
妳特地跟我們一起來集訓，我得照顧妳啊。
真是……
年輕真好。
Day 1 晚上
辛苦了！

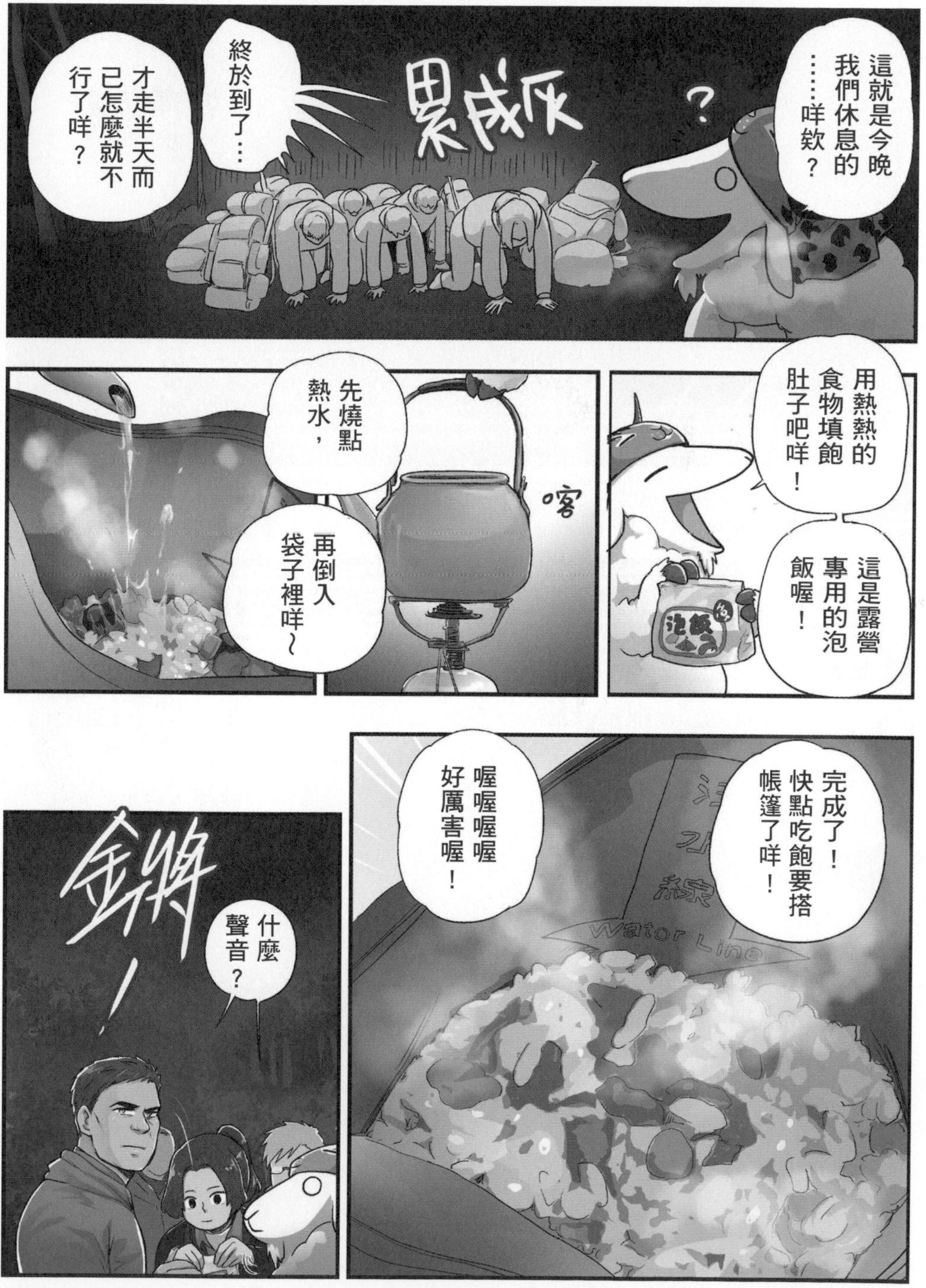
這就是今晚我們休息的……咩欸？
？
累成灰
終於到了…
才走半天而已怎麼就不行了咩？
用熱熱的食物填飽肚子吧咩！
這是露營專用的泡飯喔！
喀
先燒點熱水，
再倒入袋子裡咩～
完成了！快點吃飽要搭帳篷了咩！
喔喔喔喔好厲害喔！
鏘！
什麼聲音？

咦，我怎麼會帶土槍來呢？
奇怪，我怎麼也帶獵刀來了？
太巧啦！我剛好多帶了鋼珠跟火藥！
你們根本計畫好了吧。
找到了！我的私人火藥庫！
地頭蛇出現啦！

這裡本來就是我的家啊！
哈哈

△ 非專業人士請勿模仿。

高能，你不跟他們一起去嗎？
我們那的Amis不太打獵啦！
……也是。

△ 阿美族大部分為採集、農業生活，有區域差別。

不過我可以幫忙找點菜……
不然未來兩星期都只能吃這種東西。
教練，不管他們嗎？安全上……
不用，我甚至覺得根本不需要導遊了。
我才登場一話就要失業了咩？

Day 2
起床囉！
快點吃吧，今天還要走一整天喔！
啊、早餐做好囉！
渾身痠痛……
好累……

有打了。

等等，這湯裡的肉看起來……
有爪子啊啊！
不要問，吃下去就對了。
快吃要出發了！
這作者不打馬賽克的話，會出事啊！
終、終於…

歡迎來到海拔三二八零公尺的「大水窟」！
好厲害啊！
瞬間覺得……
自己好渺小啊……

很難想像山上會有這麼平坦的大草原吧？
有山屋又有水源，非常適合做為特訓地點喔。
特訓？要怎麼做？教練……
沙
沙
沙
把裝備拿出來吧。
這些球上面都有寫編號，一到九十九！
唰

我在大師聯盟時，有一支職業隊伍的主場因為位於海拔高度一千六百公尺，
稀薄的空氣讓球飛行得更遠，因此又被稱為「投手墳場」……
為了讓肺活量跟紅血球，以及體能在短時間快速提升……
欸咦啊哇啊！
等等不要這麼突然……
這裡是最適合通往地獄的道路……！
喀
喀
真的來啦！

△ Acetazolamide為用來預防跟治療高山症的藥物。

特別感謝：雪羊視界Vision of a snow ram友情贊助演出

第30回．自主訓練

欸你幹嘛不去啊？
田心姐都跟著他們上山了耶！
耍孤僻喔？
啊是要我兩星期都沒收入嗎？
田心有她爸幫忙顧，我又沒有，打球也不能當飯吃。
少裝了，其實你超想去的對吧？
隨妳說。
哼，我要回去幫阿母了！
沙沙
超……
超級想去的啊其實！

這是你的菜單，然後請多吃多睡覺。
我這兩週會把那些傢伙操得乒乒乓乓，不讓他們的破守備再扯你後腿。
那個……
說。
我不去……真的可以嗎？
與其帶著擔憂訓練，不如安心做好基本功，你就按表操課吧。
你要自主訓練我沒意見，但請不要抽菸，也不要受傷。
我很少抽了……
那很好，請繼續努力到完全戒除為止。
可惡啊！連菸都不能抽……
不做什麼的話超焦躁的，但我又不會自主訓練……
狠捏
感覺暑假結束後大家都會變強，只有我……
原地踏步一樣……
……

峰生！你改變心意要轉學了嗎？
林育人
林霧生
林上書
沒、沒有要轉學啦！我只是……
沒有？那你怎麼沒跟球隊去集訓呢？
你怎麼知道我們球隊去集訓？
呵呵～
讓我猜猜，沒跟去集訓卻又想找我聊聊……是擔心自己跟不上，想要請我幫你自主訓練？
呃、對……

我覺得我應該多學點東西……
峰生，你的確不需要跟他們上山。
!
雖然你有很棒的控球，
卻缺乏與人對戰的經驗，只聽捕手不會自己思考……
實戰是最好的老師，你的身體需要記住更多的東西……
!

咦？這、這是……？
別擔心，他們是我們學校的國中部球員，
雖然是國中生，但他們也是非常厲害的喔！
你就盡情享受臺中大中港國中的最強打線吧。
戴上
欸咦啊啊啊？
好好把握機會學習，別被當成人肉發球機了喔峰生！
不給你暗號
什麼啊！

加油喔峰生！
真狠哪……
連暗號都不給。
被學弟們當成發球機了呢。
他有他要的東西，
該怎麼解決……
完全沒遇過的對手……？
我們也有我們想要的東西。
安打！
而且，我也想看他「遇強則強」的天賦能發揮到哪裡……
遇強則強
73 / 77 / 80
63 / 71 / 70
P

界外球！
真是麻煩的天賦啊，如果是敵方的話……
內角……找到了！
往打者熱區攻擊，他就容易出棒！
有了！
你們看！我表弟他果然超強的吧！給他兩星期的話，不知道會進化成什麼樣子呢！
你到底哪隊的啊……

要阻止他嗎？
不用。

第31回．傳說

耶！又釣到啦！加菜加菜！
哇啊好多野菜跟魚！高能你好厲害竟然找到這麼多食物咩！
嘿嘿！沒有我辦不到的事情！
食材就交給你，我去練球囉！
好！
♪
耶噫！

總算慢慢適應這裡了……
還是會有點喘啊！
他們一下子就習慣了……
因為本來就在這長大吧？
我來我來！
肺活量真好啊……
廢物讓開！
不准隨地尿尿！給我走一公里去上廁所！

臭小鬼說幾次不要隨地尿尿！山上清潔人人有責！
孩子們看起來很開心呢……
什麼聲音？
啊。
……尤伊拔，解釋一下為什麼你會有這東西。
山上在走，山刀要有！泰雅男兒怎能沒有一把刀！
啥潲……
啊。

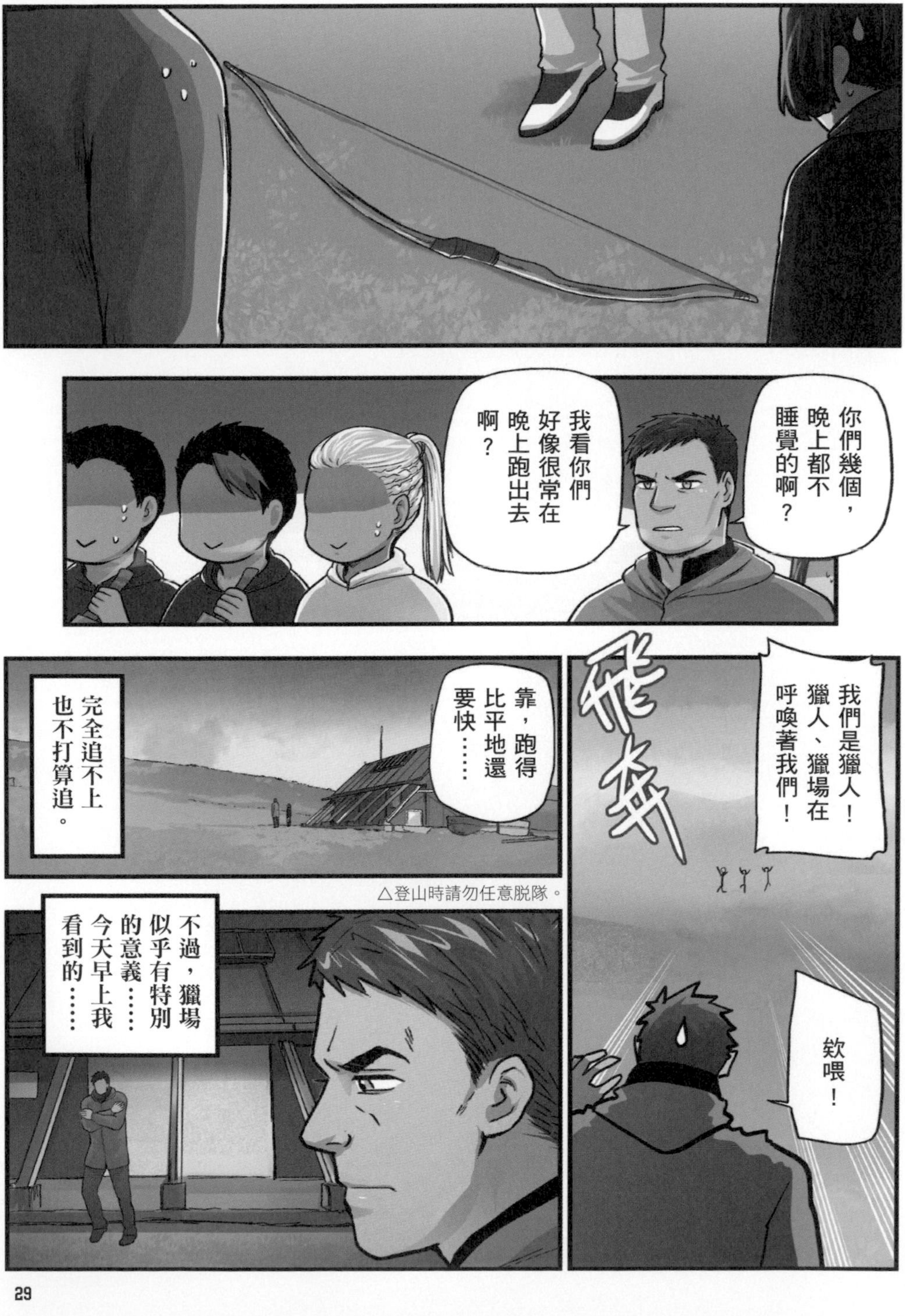
你們幾個，晚上都不睡覺的啊？
我看你們好像很常在晚上跑出去啊？
我們是獵人！獵人、獵場在呼喚著我們！
飛奔
靠，跑得比平地還要快……
完全追不上也不打算追。
△登山時請勿任意脫隊。
欸喂！
不過，獵場似乎有特別的意義……今天早上我看到的……

好冷……
廁所也太
夭壽遠……
完全……跟山下判
若兩人的氣場……

怎樣才能讓他的自信在下山後繼續維持……？
嘿教練，你便祕嗎？
！
要多吃點野菜喔，有啥困擾也可以跟我偷偷說喔。
上山後這群傢伙全都放開了啊。
……你的基礎能力很好，不需要我操心。
嘿嘿……教練，我說個故事給你聽！
以前有個巨人，叫做「能」，因為他很能幹，
人們叫他做什麼都做得到，
然後之後細節我忘記了，總之他變成一座山，
……你真的有打算要說這個故事給我聽嗎？
啊傳說不都這樣，突然就變成什麼的。
抓抓

什麼都能做的巨人最後化成了山，
人們稱呼它為能高山。
不過齁這是馬博拉斯他們布農族的傳說！這是他跟我講的啦！我們阿美巨人可是會吃人的！好壞！
不想回話。
……但是，我很喜歡這個傳說，只要別人相信我能做到，我就真的做得到。
……接住每一顆飛到你管區的球，能嗎？
當然能！我可是高能啊！

雖然我不像
馬博拉斯那樣
擅長打獵，
不過中外野就是
我的獵場喔！
……獵場。
又是這個詞，這在
他們心中，似乎具
有特殊意義啊。
喀
呼
呼

咻
好稀薄……
吸不到空氣……
不、不行……
再怎麼努力……
嘔嗯……
早餐又……
覺得好像要死掉掉ㄌ……
到底為什麼可以撐那麼久……
嗚
好痛苦喔……阿母……我想回家了……
嗚嗚
啜泣
沒事吧？

咦……
我真的出現幻覺ㄌㄇ……

行政院農委會
林務局

吳主榮

身高162cm

紅葉村布農族獵人，馬博拉斯的養父。服務於林務局的巡山員，負責臺東一帶。

大熊Cumai

身高175cm

十四歲少年，跟隨Sakinu學習如何成為獵人。

第32回．獵人賢拜

什麼聲音？
！
馬博拉斯？
兒子！
爸爸！
哈哈，你怎麼還是拿麼瘦！
跟葉子一樣扁，有沒有好好吃飯啊？
啊、教練，我是馬博拉斯的爸爸啦，叫我阿榮就好！
您好。

雲林縣
玉山國家公園
兒子跟我說你們要來這集訓，我剛好在尋根之旅，就順便從臺東走過來啦哈哈！
???
???
那不是可以順便走過來的距離吧？
叔叔怎麼也有空過來？
我們巡邏時剛好遇到你爸就一起來了。
忘記自我介紹啦，我們是森林警察，阿榮他是巡山員！竟然有人在山上打球，我們就來看熱鬧啦哈哈哈！
真是胡鬧啊你們。
Levi
利未
Sakinu
撒奇努
△利未即森林警察系列的呼達司，更改名字而已。
我們還帶了些食物給你們，大熊來拿！
好~
晚點還會有幾個朋友上來，你們繼續練，不用在意哈哈！
抱歉他就是這麼隨意。
喔。

喔喔喔！
誰這麼厲害！
怎麼了？
好大一隻山羊！
誰打到的啊？
誰跟你山羊！
我是雪羊！
那是我們的
導遊，不能吃。
喔？醬油會說話
怎麼拿摸厲害！
是導遊！
因為是漫畫！
不然這邊也不
能騎野狼上山！
哈哈哈沒錯，
因為是漫畫我們
才會出現啊！
林○局也不會讓
你們申請通過的。
別在那廢話，
過來幫忙。
你好，可以
跟你們一起
練球嗎？
沒意見。
沒差吧？
教練都
答應了。
好了，
繼續練習！
是！

!
我們打球齁，
就是要去比賽、
為國爭光啦～

叔叔我們以前都是國手咧！
你國手，我還鹹豬手咧。
哈哈哈！
少囉嗦啊你！
你們教練很用心，還帶你們到這麼高的山上做特訓。
我們等到退休之後才能回家鄉啊！
叔叔以前也打棒球嗎？
對啊，所以聽到你們在山上特訓，大家就想來看看。
我們那時候小學就離家背井啦！

要坐很久的火車，一個人到西部去生活。
像利未他也是下山後很久才回來，
然後就說要做森林警察。
他啊，是我們之中最厲害的獵人。
什麼最厲害……
連家鄉也保護不了，沒什麼厲害的。
哈哈你就是那麼多愁善感！說說你那正經八百的故事給孩子聽吧！
放手不然我砍你。
你們從那上來的對吧？
對…
那條路很多樹，對不對？
對。

不過隔壁那座山卻光禿禿的，顏色都不一樣，
在政府允許我們回來後，才發現樹被偷了。
樹有人偷？
山上也有小偷嗎？
失去樹的山傷心地一直哭泣，她的眼淚沖走我們的房子。
是在說土石流吧。
這幾年來，登山的人變多了，小偷就比較收斂一些了。
……我很高興看到你們進入山裡。
不過一定要把垃圾帶走！

原來如此……
小偷耶，好可怕……
那個男生跟大家混熟了。
叫做大熊？真奇怪的名字。
呼—
呼—
呼—
呼—
獵人前輩們真的很狂野呢。
你、你怎麼睡我旁邊？
我從第一天起就睡在妳旁邊喔。

嗯……
晚安。
笨蛋……我、我在幹嘛啊，竟然完全沒發現他在旁邊……
這幾天全部都在打雜……都特地跟上山來了，但
除了整理環境就是幫忙煮飯……
每天累到虛脱倒頭就睡……！
到底為什麼我會覺得在山上可以拉近距離？還傻傻地說要跟來……
唉……

嗶
嗶嗶嗶
06:30
鬧鐘
稍後提醒
唔……
好冷……
昨晚吃太飽好好睡……
又要被操一整天了。
……咦?
欸欸咦!?
早啊小鬼們!快點熱身,準備比賽啦!

咦欸？跟獵人叔叔們打嗎？
太突然啦！
哇，好像很有趣喔！
雖然是個不錯的提議，但是太亂來啦！
就當社區棒球打好了。
教練……
不要有壓力，前輩特地上山來指導你們。
嗚……！
我手都癢了，不打一場很不舒服吶！
我還特地把裝備翻出來，這手套年紀比你們還大啦！
昨天吃山豬肉，一定有力氣啦！陪叔叔們打一場吧！
好、好啦！
獵人隊
VS
武德高中

哈啊！
靠，飛得真的有夠遠！
跑起來還是很吃力啊……
不會認輸的……我可以！
哈哈哈，那小子滑接還不錯啊！訓練有效喔！
不過當年的我這球不用滑就能接啦！
你當年姓鈴木名一朗嗎？

小心！
喂你投準點啊！
在這裡受傷可不是開玩笑的！
少囉嗦，光是連續投球就很困難了……
那你就投慢一點！
輝雪的控球真的不行啊，教練。
改過姿勢也沒有好轉。
得再想辦法修正才行。
真是……跟小孩玩還要拖我下水。
利未！給他們看看你的十二段魔球！
讓他們知道最強獵人的厲害！
閉嘴，沒那種東西。

這根本打不到啦……
你不要看他矮矮的喔，
他很厲害，連我師傅都會怕他。
啥？隨便啦，我現在光拿球棒就很勉強，一定打不到。
那我跟妳說配什麼球。
知道配什麼球也沒用啊啊啊！

大水窟那裡一直有聲音呢，
好像很熱鬧啊。
咦，那是……
棒球？不會吧？
竟然在山上打棒球？
太厲害了吧？

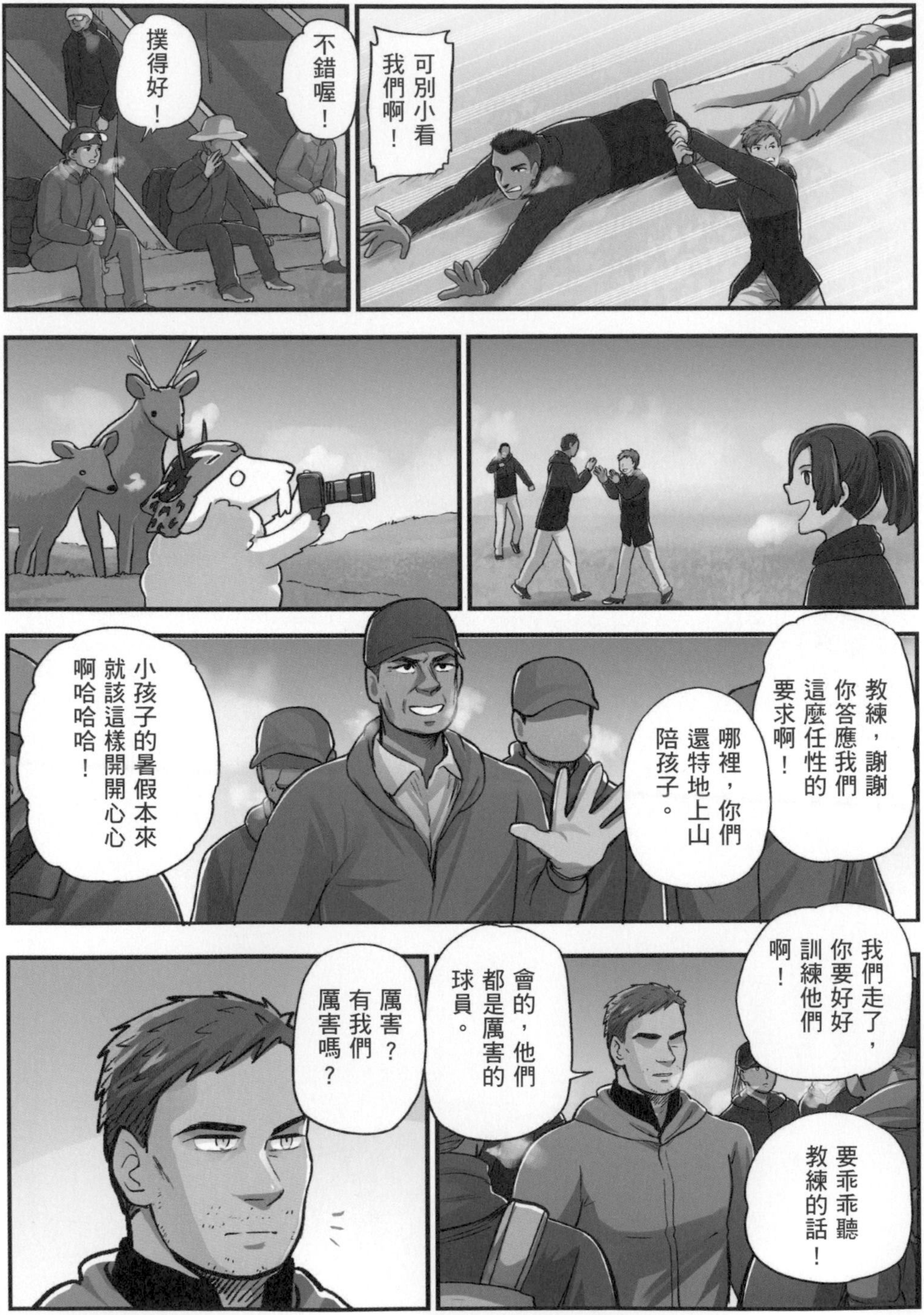
可別小看我們啊！
不錯喔！
撲得好！
教練，謝謝你答應我們這麼任性的要求啊！
哪裡，你們還特地上山陪孩子。
小孩子的暑假本來就該這樣開開心心啊哈哈哈！
我們走了，你要好好訓練他們啊！
要乖乖聽教練的話！
會的，他們都是厲害的球員。
厲害？有我們厲害嗎？

聽不懂歌詞的旋律，讓人突然想起了一些很久以前的畫面。
WORLD SERIES
那是很久很久以前，我才剛開始打球時，
從老舊的電視機裡飄來的旋律。

……
謝謝學長指教。
啊、幹嘛啦！不要舔我！不要吃我頭巾！
舔我也沒有鹽分！

撒奇努 Sakinu

身高 190 cm
排灣族獵人。
前維安警察，回家鄉後轉調為森林警察，與利未搭檔。
因為190公分高在森林行動很不方便而常被利未嫌棄。

貓頭鷹型態為黃魚鴞，臺灣體型最大的貓頭鷹。

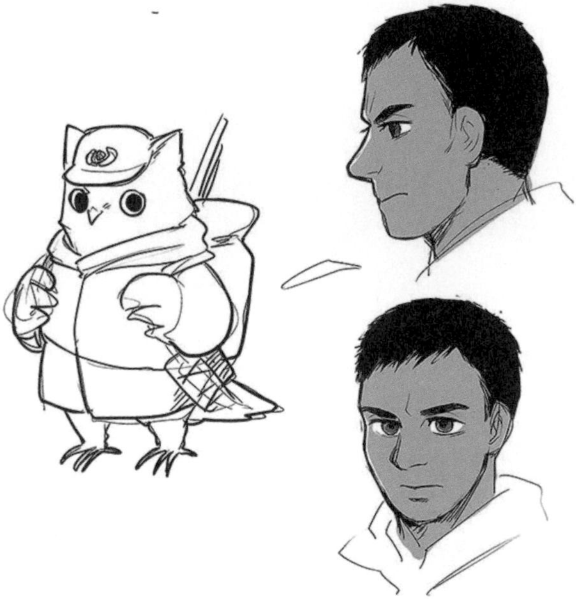

利未 Levi

身高 154 cm
個性沉默的布農族獵人，
忠貞的精靈信仰者。
矮小身材在森林中行動非常快速，因而常常在獵人之間的比試中得到優勝。

貓頭鷹型態為領角鴞，為中小型貓頭鷹。

到底是夏令營，
還是世界大賽呢？

山頂獵人之戰的前輩，依年紀推算，是打威廉波特少棒賽的前輩。

第33回．後盾

教練，我們也要回去工作了。
好的，謝謝你們。
我把這孩子留下來，他很有用。
嗨！
可以叫他幫任何忙。
下山時在尖山山屋會合再帶他走嗎……
不過的確幫我省不少力。
內野再六十球！
收拾完後自由活動囉。
好！
喀
百岳訓
進入第二星期
欸你多大啊？
十四。
欸？比我小？看不出來耶。

撒奇努是你哥哥？你看起來不像原住民啊。
原住民應該要像什麼樣子？
欸……我也不知道。
我也想當獵人，所以跟在大哥身邊……妳看過黃鼠狼嗎？
蛤？
這裡有喔？

呀啊啊啊啊啊啊！
怎麼了！？田心妳沒事吧？
救命啊！
有怪物啊啊！
別怕，那是臺灣特有種小黃鼠狼，很可愛的！
屁啦哪裡可愛！快把牠趕出去！
噗，好甜蜜喔。
好像打擾了呢。
噫！

盯ー
飛奔
欸田心，妳喜歡隊長喔？
我們都看得出來啊，
什……哪有？我超討厭他！
敢按呢？
太難追的話，男生很快就會放棄喔！
呀妳幹嘛啦！

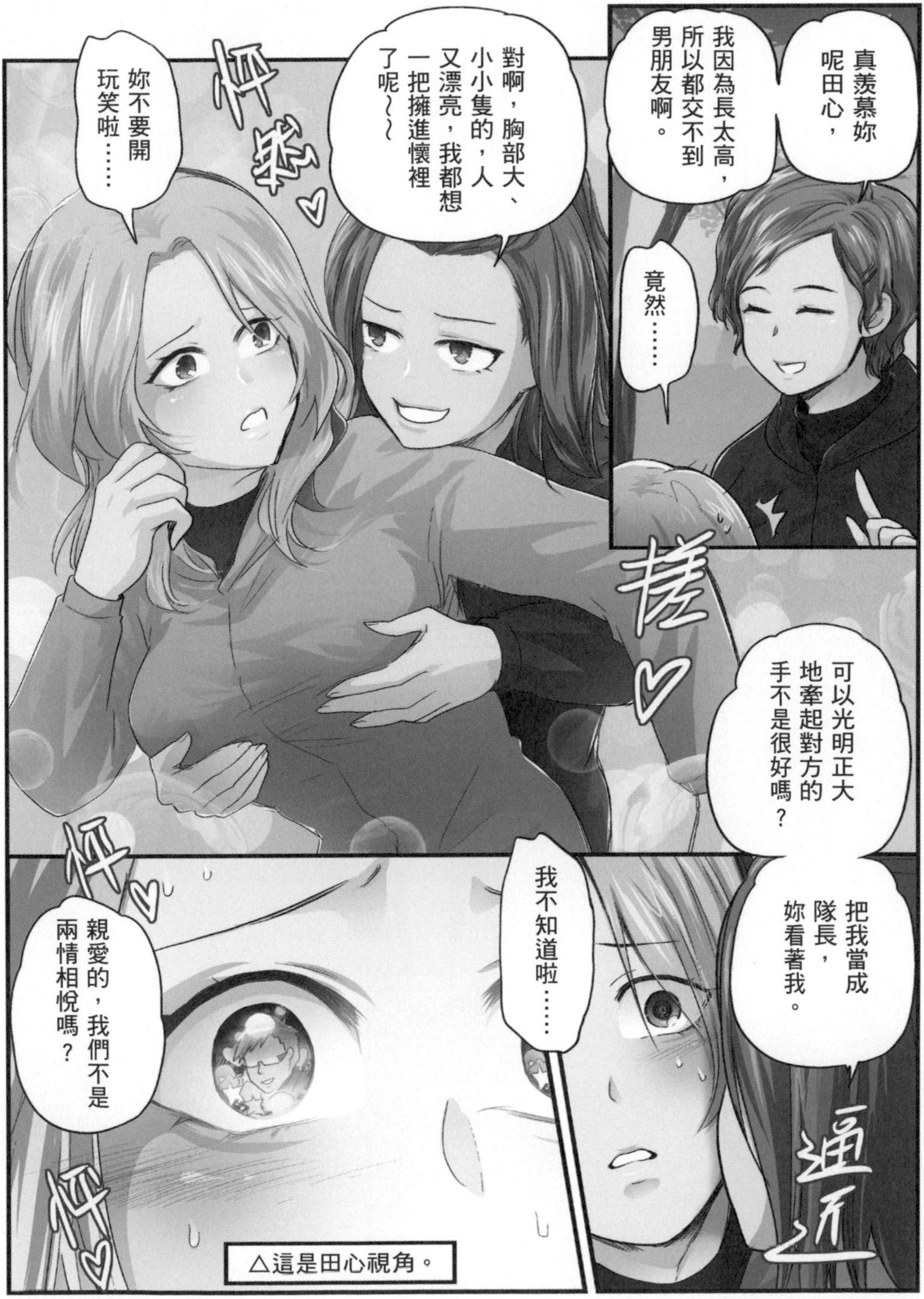
真羨慕妳呢田心，
我因為長太高，所以都交不到男朋友啊。
竟然……
對啊，胸部大、小小隻的，人又漂亮，我都想一把擁進懷裡了呢～～
妳不要開玩笑啦……
揉
可以光明正大地牽起對方的手不是很好嗎？
把我當成隊長，妳看著我。
我不知道啦……
親愛的，我們不是兩情相悅嗎？
逼近
△這是田心視角。

很愛演欸妳！走開啦討厭！
哈哈妳臉好紅喔～
不要鬧了，我要回山屋了啦！
糟糕……被奇奇這樣一鬧根本睡不著……而且他就睡在我旁邊……
田心。
睡不著的話，要不要出去走走。
……
……

……嗯。
雪羊跟我說這邊有網路訊號，所以才發現這個點。
…

沒有任何光害，就能看到銀河呢。
好厲害……
……妳能跟著球隊來這裡，真是太好了。
糟糕，這個地點、這個氣氛，該不會是……
會冷嗎？我們快點回山屋吧。
小心腳下。
我是笨蛋……
呀！

小心！
抱抱抱抱歉……
可以放開我了，不好意思……
……！
對不起。
看不到臉的話可能妳會比較不緊張……
……！
那個，田心……

雖然妳可能會因為我們的家庭背景而有所顧慮……
可是，每個男人都會希望自己喜歡的人能夠支持自己……
我希望支持我的那個人，是妳。
……
你怎麼總是知道每件事……
別擔心那些事，交給我來解決，好嗎？

……好啦。
……我當學生時，啦啦隊隊長都是被球隊隊長把走的。
我可是憑實力脫單的喔，教練！
起床上廁所。
另外，一壘以上行為請下山後再推進，球隊會感謝兩位的。
我去睡覺啦！
沒問題！

老婆……小秀……
我好想妳們。

只是起床上廁所也被閃。

第34回．承諾

妳在畫畫喔？
妳美術班喔？
嗯。
啊那妳怎麼也在打棒球？
那不然美術班應該要做啥？
嘿嘿
也是！
妳在畫漫畫？給我看！
殺ㄌ你ㄛ！

小氣欸。
我是為了
你好！
蛤？
我畫的可不是普通漫畫啊！
既然你不是球隊的人，就可以說了！
當初教練邀請我進來，我答應的原因可不是因為想打球！
妳有興趣打棒球嗎？
Hen有興趣！
我看胸部大小判斷誠意。
那是為什麼？
因為這樣我就可以近距離觀察男生的互動！
摟摟抱抱捏屁股捏胸部日常……這就叫做取材！
蛤？

我要把這些畫成逼a樓漫畫賣！
漫畫本……運動漫畫嗎？
算是啦！棒棒跟球球的運動漫畫！
那妳可以畫我嗎？
蛤？
等、等一下我不是說那種運動啦！
我說的是另一種棒棒跟球球的……
沒關係！
我錯了我覺得自己是壞人。
這種要求我這輩子第一次聽到。
可以畫我在打棒球嗎？

蛤？我以為你想當獵人耶。
大哥他是個獵人，
但也是個警察，我想走跟他一樣的路，
不過比起警察，我更想當棒球員。
所以當大哥說我可以留下來陪你們打球，我真的很高興喔。
對喔，你球打得不錯，還可以幫教練的忙……
那你為什麼要當警察，不打棒球？

因為打球不穩定啊。
我的家鄉那邊除了農田跟廟以外，沒什麼工作機會。
很多人都跑去當警察或消防員，等老了後看有沒有機會調回家鄉……
每個男孩心中都有一個棒球夢，
等到妳以後當了漫畫家，畫棒球漫畫時，能把我畫成一個角色嗎？
……好。

不過我現在就可以幫你畫啦！
真的？
噹噹！完成啦！
為什麼是警察？我遲早會穿上警察制服的。
因為還要設計球衣很麻煩啊！
幫我設計一下嘛！
你要求很多喔！

第35回．投手該會的事情

好累……
上學前做一輪菜單。
學校暑修。
好想死…
放學後開車到霧峰隨隊訓練。
開車回家撿貨、晚上擺攤。
欸，你還好吧？
還活著……
看你趴著很久都沒動，以為你昏過去了。
哈哈……
學長說你晚上還要去工作，是真的嗎？
你不是也林家的人嗎？怎麼不直接轉學過來？
是擔心轉學限制嗎？
……限制？我已經在臺中市讀高中了……
但是就棒球來說我們才是最強的對吧？

大家都很努力才能進來，你只要轉學就可以了，真讓人羨慕啊！
不要擔心限制啦，你練個兩年，高三就直接參加U18電爆其他人！
什麼是U18？
就是國家隊啊，轉學兩年內不能……
你們，不要造成他的困擾。
別想太多，你沒意願的話，我就不會逼你。
讓我這個外人隨隊果然會困擾吧……
外人？把你當外人的話就不會讓你站在這了。
不過棒球的祕密很簡單，

強投配豪打，分數多的就贏，
有隊友火力支援，你才能贏得一百場比賽！
嗯……
你現在會思考如何自己配球了吧？
大概。
做得很好，
那麼，該開始課後輔導了，峰生。
欸欸欸還有啊？

你是不是還不會牽制？
牽制？
我猜的果然沒錯。
你的捕手沒教你投球以外的事情嗎？
……他說球路可以看手機APP來記的樣子。
是現代派啊……
不過，有些東西是無法用科技取代的。
就像現在你面對陌生的打者，你的本能會知道如何去戰鬥，
如何試探對手找出熱區和喜歡的球種。
但是，

你必須學會與隊友團體作戰，拿到更多出局數！
……！
讓哥哥們來幫你將這些烙印進身體裡吧！
咦欸？
育人跟上書是親兄弟，你要叫他們表哥，大家都一家人。
嗨弟弟～
林育人
林上書
幫你解釋一下：一家人就是可以盡量拗的意思。
什麼拗，都自己人幫一下啊～
這就叫做拗。
好，那麼就開始吧！
好眼熟……

想像一壘有跑者，你要看管他不讓他盜壘。
不能碰到投手板，
手套不能啟動後再次靜止。
啟動後再次靜止？
我示範給你看。
不能停頓下來，要一次完成動作。牽制是投手最容易犯規的時候，
原來如此。

之前想跟你一樣練打擊，但教練跟我說先把投手該學的學好再說……
因為你是初學者啊，突然站上打擊區可能連球都會投不好，最糟還可能受傷。
站在投手丘上就能管理球場的一舉一動，
跑者幾乎隨時都可能盜壘，你必須當個控制者。
……明白了。
OK，那我問你，你為什麼一直站在投手丘上？
……？因為我是投手？
不對喔。

沒踩上投手板之前你都只是個野手。
想像一下，打者敲出一支軟弱滾地球，
一壘手離壘去追球。
被上壘了。
……！

……我應該衝下投手丘去補位？
不愧是我的弟弟。
！
用傳的絕對比跑的還快……之前也發生過幾次，尤伊拔得自己跑回來……
我還覺得他守備很爛……原來是我的錯嗎？

球很容易突破第一道防線，要有第二道防線阻止球繼續滾動，所以防守要一前一後。
當然，投手嘛，有時候會不小心壓太低或手滑。
……哎呀，手滑了一下。
真是……
爆投時跑到本壘這樣也是補位喔。
你還真把我當成人體教材啊！
哈哈這樣解釋比較清楚啊！

為什麼……
不在剛剛學弟還在時教我？
你藏了一顆跟我對決用的伸卡球不是嗎？
……是！
目前你沒有牽制的記錄，加上初學者身分，
我們合理推測你不會牽制。
但是，到底是不會牽制，
還是……「不牽制」？
「這傢伙不會牽制啊，那我可以放心離壘包遠一點！」
你牽制時花的時間跟啟動時機，都會成為打者盜壘的依據。

這些都可能是決定比賽勝負的關鍵，
我想最好越少人知道對你越好。
霧生……
好，那開始練個五十次補位吧！
咦可是我快累死了啊！
腦袋空空時最容易讓身體記住如何反射喔。
不會吧啊啊啊啊啊啊！

啊啊啊……
好冰好痛啊……
超麻超刺啊啊啊……
這是必經之痛啊……
再一下就會習慣了。
對了峰生，學弟們的話你別放在心上，
你可以在這裡待到開學。
……上次沒有說出來，
我覺得我不能拋棄朋友……
尤其是關一，我們一起長大，而且是他教我投球的……
還有一個很煩但很用心的教練，我不想……讓他們朋友失望。

你很溫柔，
不過這就是所有的理由嗎？
學弟說轉校後會有出賽限制……
這樣子就沒辦法了……
我想打倒一個超討厭的傢伙，
我要跟後代子孫炫耀我三振過他。
這理由也太搞笑了吧！
讓我猜一下，那個人是你對戰過的湯德灰？
哇看起來你真的很討厭他呢。
如果現在轉學，他畢業之前就都沒辦法對決了。
他高二了。
明白了。

「越戰越強」這個天賦對我們投手來說非常不利，
儘早解決他，這是我能給你的忠告。
壘上有人的話，直接保送傷害都還比較小，真麻煩。
連霧生都這麼說……
他真的很強吧……
天下武功，唯快不破。
！
沒有無死角的打者，如果真的找不到弱點，就跟他拚速度。
但我聽說他好像也會投球。
雙刀流。
聽起來好絕望啊！

對，我也不想跟那怪物對決，
把他當目標有種唐吉訶德的浪漫啊。
唐吉……？
峰生，你的優點是細心，
不過別因為想太多而猶豫，那就不好了。
……謝謝你，霧生你總是一直幫我。
哪裡，我對隊友也是這樣。
不過你的目標是別人，不是哥哥我有點傷心呢（笑）。
暴怒
霧生你跟他完全不能比！那傢伙脾氣差又暴力而且超白目超討人厭，自大狂又自戀根本欠人電啊！
完全感受到你有多討厭他呢！
呿

開玩笑鬧你的別放在心上，哈哈！
我會盡量教你的，放心吧！
走我們去吃點東西！
他總是站在隊友中，
背影是那麼顯眼又可靠。
不管是關一還是教練，
我得要很努力才能追上他們說的東西。

還是新手的我，
到底離他有多遙遠呢？
……

奇怪怎麼一直
打噴嚏？

第36回.捕手該會的事情

再給我三十球！
他還是一樣專注在訓練上而已……
休息一下吧？
田心。
裝備會不會很重啊？
裝備大概……四、五公斤吧？
這樣你膝蓋沒問題嗎？
還可以哈哈……

你幹嘛那麼拚，受傷該怎麼辦？
……
在跟臺灣大中港高農決戰時，我的配球被看穿了。
後來是峰生，他自行決定配球，擾亂對方節奏，
才沒有繼續掉分……
被湯德灰盜壘雖然是預料中的事情，
但在下次對戰前還是得想辦法阻止他繼續盜。
哪怕只是一個出局數，都可能是比賽的關鍵……
這些，都是捕手的責任啊……
你也攬太多責任在身上了……

△農場在日本、臺灣職業棒球裡指的是二軍體系，在美國職棒則是小聯盟。

我不想留下遺憾，更不想讓……前教練的球隊停在這裡！
能走多遠我就要走多遠！跟他拚了！

沒錯！就是這個氣勢！我來陪你練吧！
我也來！
喂不對不是這種氣勢！
不要全部丟我啊你們！
真是笨蛋。
看來這邊需要多一點訓練。
請在接球擊球瞬間說出球上寫的數字吧。
66！
3！
78！
可惡是9號！看錯了！
還不錯呢！
輝雪。
？

我想了下，不如活用你的特性吧。
只有一個投手是沒辦法面對巔峰盃的，
你是學長，要撐起學長的責任。
……
中央山脈也不是一座山而已，
是由很多山相連組成的綿延不絕，
共同守護臺灣不受颱風侵襲喔。
……是。

布農
Bunun
馬博拉斯
卑南
Puyuma
陽志嘉
泰雅
Atayal
尤伊拔

主角隊裡孩子所屬族群，
不過平常相處都很融洽，
沒有80的問題。

泰雅
Atayal
巴度
阿美
Amis
高能

第37回.山神與山鬼

環境檢查完畢，各位，我們可以下山了！
終於可以回家啦！
我要洗澡！熱水澡！
我要打一天夜的電動！然後睡到自然醒！
球一個也沒少，大家真的很厲害呢！
犧牲暑假最後兩星期的努力啊。
真想快點回家睡覺啊！
還要走一整天到山屋過夜，明天才能回到平地喔。
欸？馬博拉斯呢？
他跟我報備說要走另條路，晚上在山屋會合。
反正這裡他比我們所有人都還要熟。
也是啦。
漫畫效果請勿模仿，登山絕對不能脫隊。

!
怎麼像是在
逃難一樣……！

吼—
吼—
此為漫畫效果，
野外遇到熊時請
安靜蹲下、後退。
嘶—
哈哈

!
不行，我不能跟你去，我要去另一個方向跟朋友會合。
？
吼吼
嘎嘎吼
你快走吧，別擔心我，我會沒事的，快走。
△此為漫畫效果，別摸野生動物。

跟穿山甲一樣往深山裡走……
牠是想要警告我什麼嗎？
教練！
大哥說他們深夜才會到，叫我們先休息。
好，這星期以來謝謝你了。
不會，我很開心！謝謝你給我這麼棒的暑假！
……那就好。

馬博拉斯。
！
你要去哪？
尤伊拔、志嘉。
西邊森林，我想去那裡看一下。
一起去吧？
雖然鋼珠打完了。
我們也還沒去那看過。

你們先回去。
怎麼了？
遇到Sakinu的話，將這個給他們，告訴他們位置。
我去前面點的地方看下狀況。
你一個人沒問題嗎？
我從小就是一個人在山裡，不會亂來。
你還是要小心點啊。

外籍移工？為什麼……
會出現在這裡？
……不對，是誰告訴他們這裡有……！

嘿嘿，抓到你啦。
白色的山精靈！

嗚！
你……
也是獵人？那些人是你帶進來的……？
噢，對，好像有這麼一回事。
呵呵，
我都快忘記幹過什麼啦。

你為什麼
要當……
哇啊！
山老鼠嗎？
真抱歉啊。
不過小朋友，
你還是先擔心
自己吧。
哇啊！
跟謠傳的
一模一樣，
白髮、
綠眼，
山精靈。

△ 白浪＝原住民族語中的漢人。

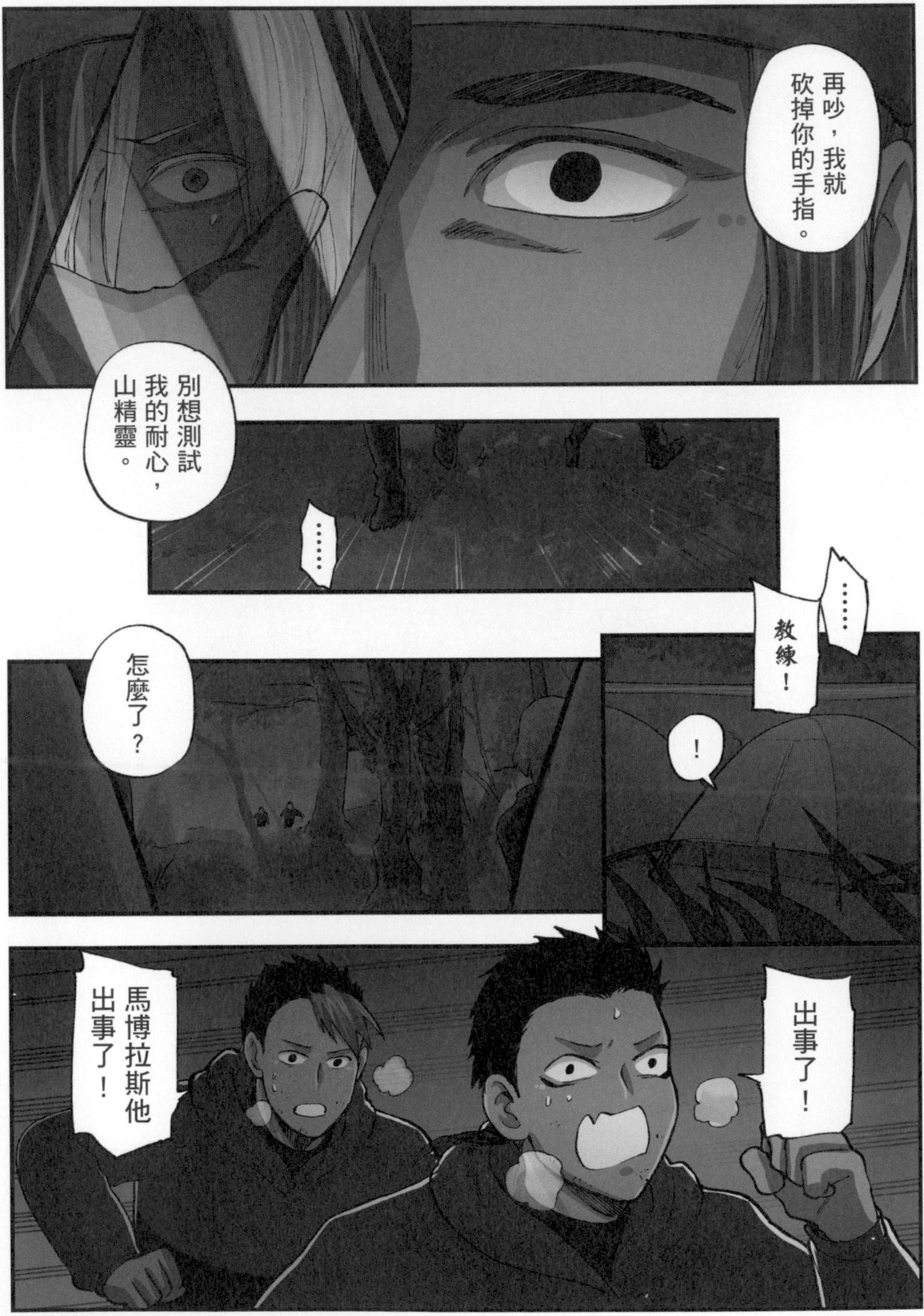
再吵，我就砍掉你的手指。
別想測試我的耐心，山精靈。
……
……
教練！
！
怎麼了？
出事了！
馬博拉斯他出事了！

欸我有點擔心他。
我也是。
我們叫他一起回去好了。
一個小時前
馬博拉斯……
怎麼會……
大家都不准再亂跑！等警察過來。
大熊，麻煩你了！
好！
哥，出事了。
山裡面怎麼會有壞人……
不會有事的，已經通知森林警察了。
神啊……
請保佑我的孩子吧……
SAKINU
行動電話
語音
行動電話

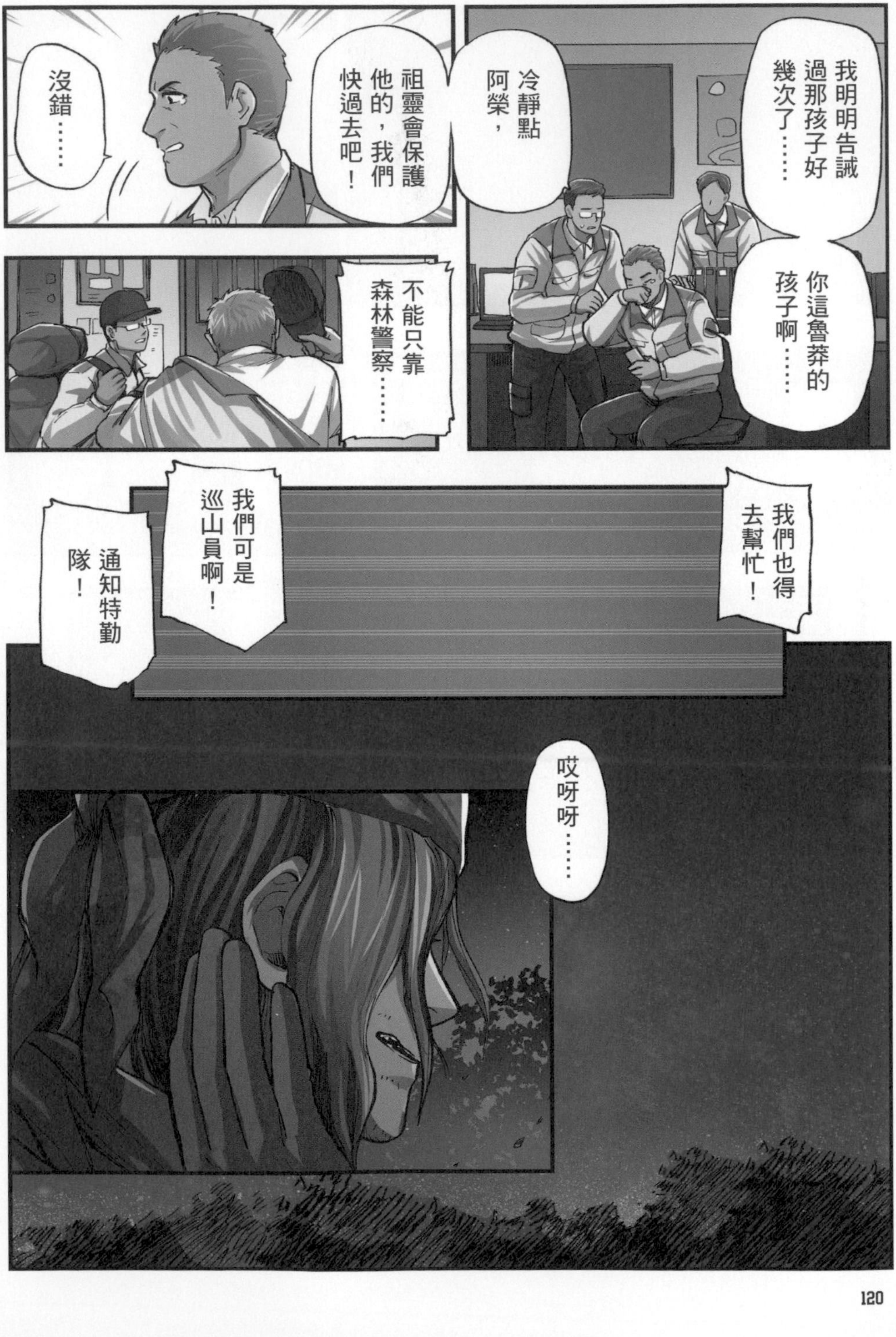
我明明告誡過那孩子好幾次了……
你這魯莽的孩子啊……
冷靜點阿榮，
祖靈會保護他的，我們快過去吧！
沒錯……
不能只靠森林警察……
我們也得去幫忙！
我們可是巡山員啊！
通知特勤隊！
哎呀呀……

貓頭鷹們來得可真快。
貓頭鷹？
還是老鼠？
你這傢伙住手！
給我住手！
夜晚覆蓋的森林啊，嘻嘻嘻…
貓頭鷹飛起、羽毛紛紛落下吧！

破
呀呼！
貓頭鷹去死吧！統統去死！
快走快走貓頭鷹陰魂不散！我們閃人啦哈哈！

喂，怎樣？
發不動？剛剛不是還好好的嗎？
天殺的！
搞什麼啊！衰透了！
給我發動！
kàn！
帶衰的臭小鬼，
怎麼你一上車就無法發動，天殺的……
山不會放過你的。
啊？

別以為大家說你是山精靈就得意…
給我搞清楚現在的狀況！
呃嗚！
家沒了，槍被沒收，
淪落到在黑暗中生活
連進山都要申請才叫做合法。

誰偷走了我原來的生活，然後說我是小偷？
老闆隨便扣你薪水再炒了你，
光是走在路上就被當成罪犯，
不放過我？這幾十年來誰放過我了？
我連自己的名字都不能用！
哇啊啊啊啊！
！
啊……

……!
又是你啊，西綱。
怎麼可能!?
我剛剛明明……

可惡！
Sakinu的手……
可惡、要想辦法……
等等幫你解開。
！

你再受傷的話，我可不好向阿榮交代。
而且，我最討厭老鼠了。

哇啊啊！
喂，好歹也喊一聲。
閉嘴。
敢闖入我的獵場……
就要有成為獵物的覺悟。
我也是獵人、我也是原住民啊！
我有權力拿山裡的東西！
你說得對。
但是你對孩子動手。
媽的！
你們這些政府走狗……噗哇！

解決，馬博拉斯你沒事吧？
喂，你搭檔我可是中槍了！剛剛竟然立刻丟下我衝過來！
你的頭還在就是沒事，感謝你幫忙引出老鼠。
我是誘餌嗎？同事愛呢？啊？
應該能撐到支援來吧……
……
我可不這麼認為。
你到底有沒有同事愛啊？
……？
無線電的訊號……？
沙
沙沙
這可不是普通的霧啊。

我也開始希望能撐到他們來了。
……

…緬…
西緬…
誰是西緬…

誰是……Simeon……
交出來……
是你嗎？
meon……
Simeon……
交出來…嘰……！

呼
嘎……
祖先啊，
帶我們脫離
兇惡……
守護著我的
祖靈啊……

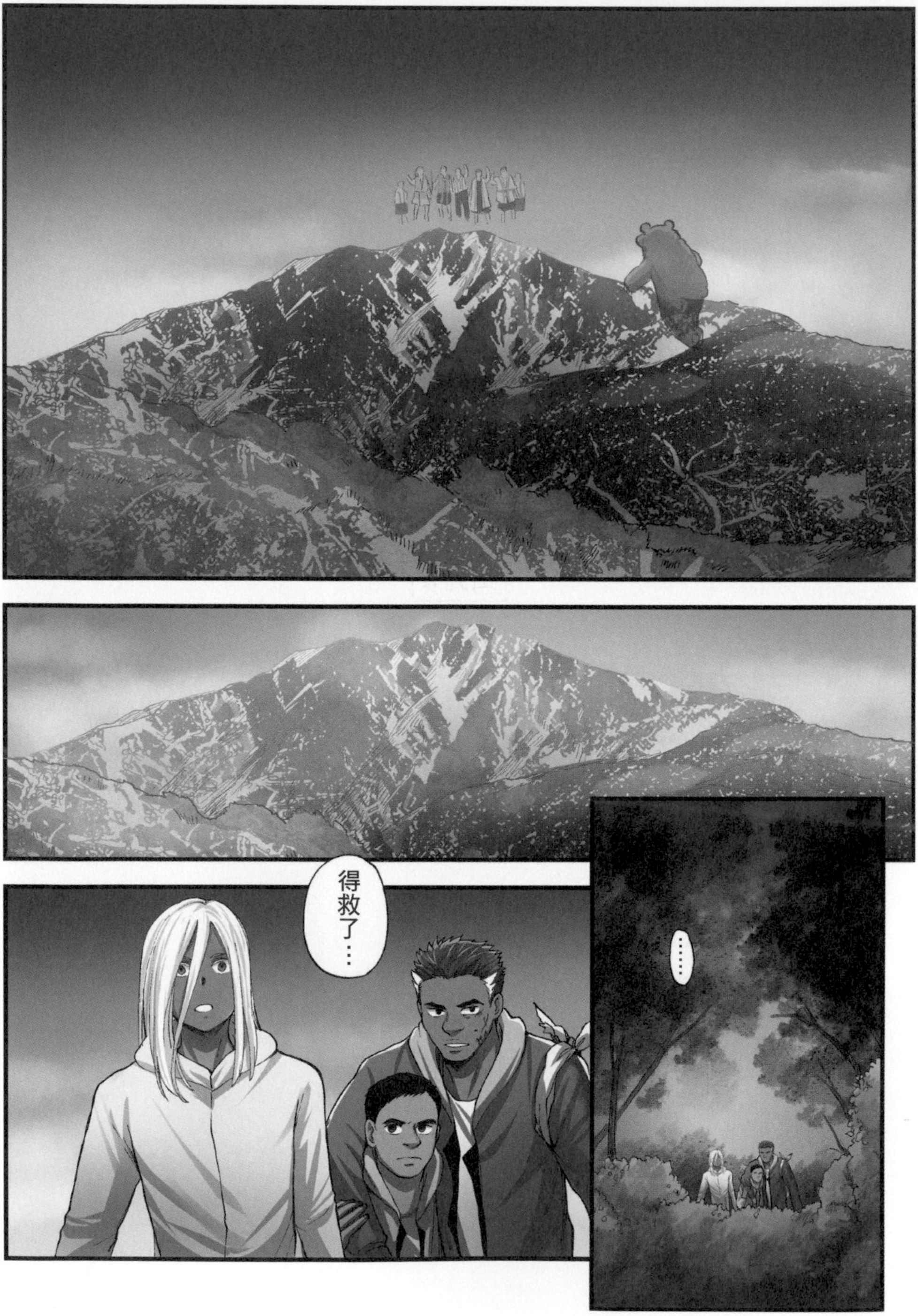
……
得救了……

△玉山小飛俠相傳為在玉山排雲山莊出沒的魔神仔，外著黃色輕便雨衣，會指引登山客往死路或懸崖前進。

山鬼I參考玉山小飛俠
山鬼II參考臺灣獼猴
山鬼III參考臺灣檜木

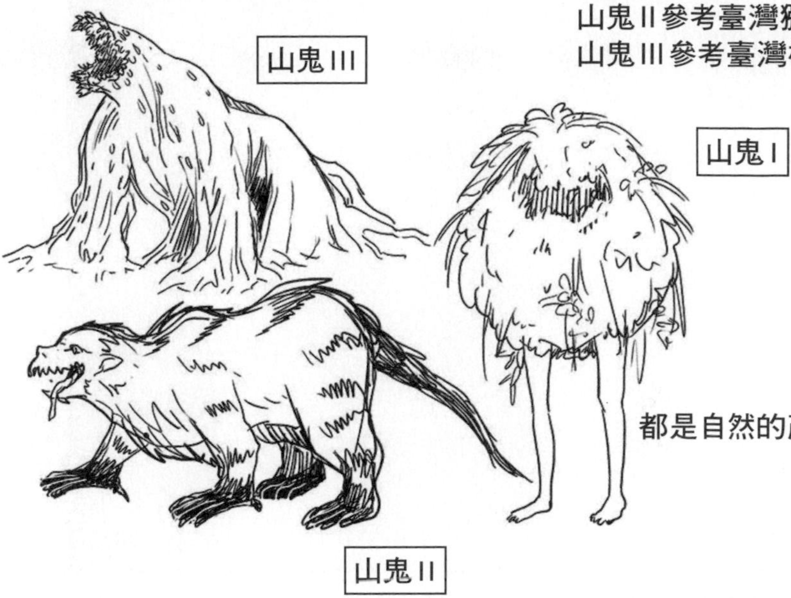

都是自然的產物。

臺灣黑熊在某些原住民族中被視為山神，有些會視為祖先。

西緬 Simeon

身高 186 cm
取名的典故跟利未
一樣來自聖經。

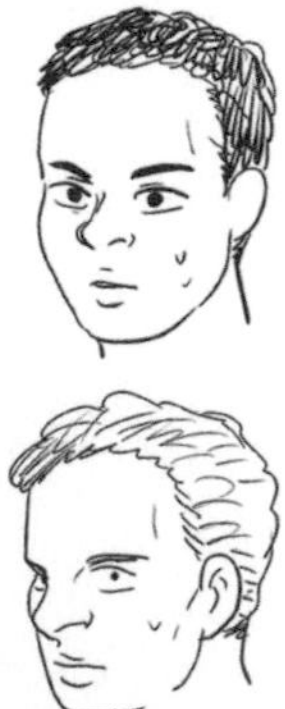

外籍移工

通常都是逃跑移工
才願意賺這種非法
財。

獵刀

光看做工以及刀柄上的雕刻
就能分辨出是哪一族了，不
想造成對特定族群的負面印
象，而刻意不細畫。

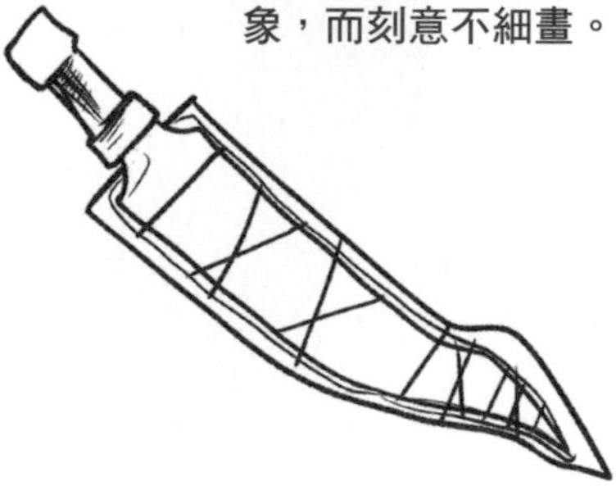

第38回．買與賣

你不跟我一起下去？
我要送這孩子回去找他隊友。
你捨得喔？我可是你搭檔耶。
你住院期間工作都得我來幫你，最好快點出院！
撒奇努他會沒事嗎……
哼，我不跟弱者作搭檔的。
只要頭沒被砍掉他就還是最強的排灣獵人，我們該回去找球隊了。
利未……
怎麼了？
昨晚那些到底是什麼？
我也不知道。
有些存在是超越我們所能理解的，
但是……

以山為名的孩子啊，山庇護著你。
要敬畏山、敬畏祖靈與自然精靈，
祂們永遠都在這裡守護我們。
知道。
很好，你會是個好獵人的。
！
馬博拉斯！
你沒事吧！
我沒……
！

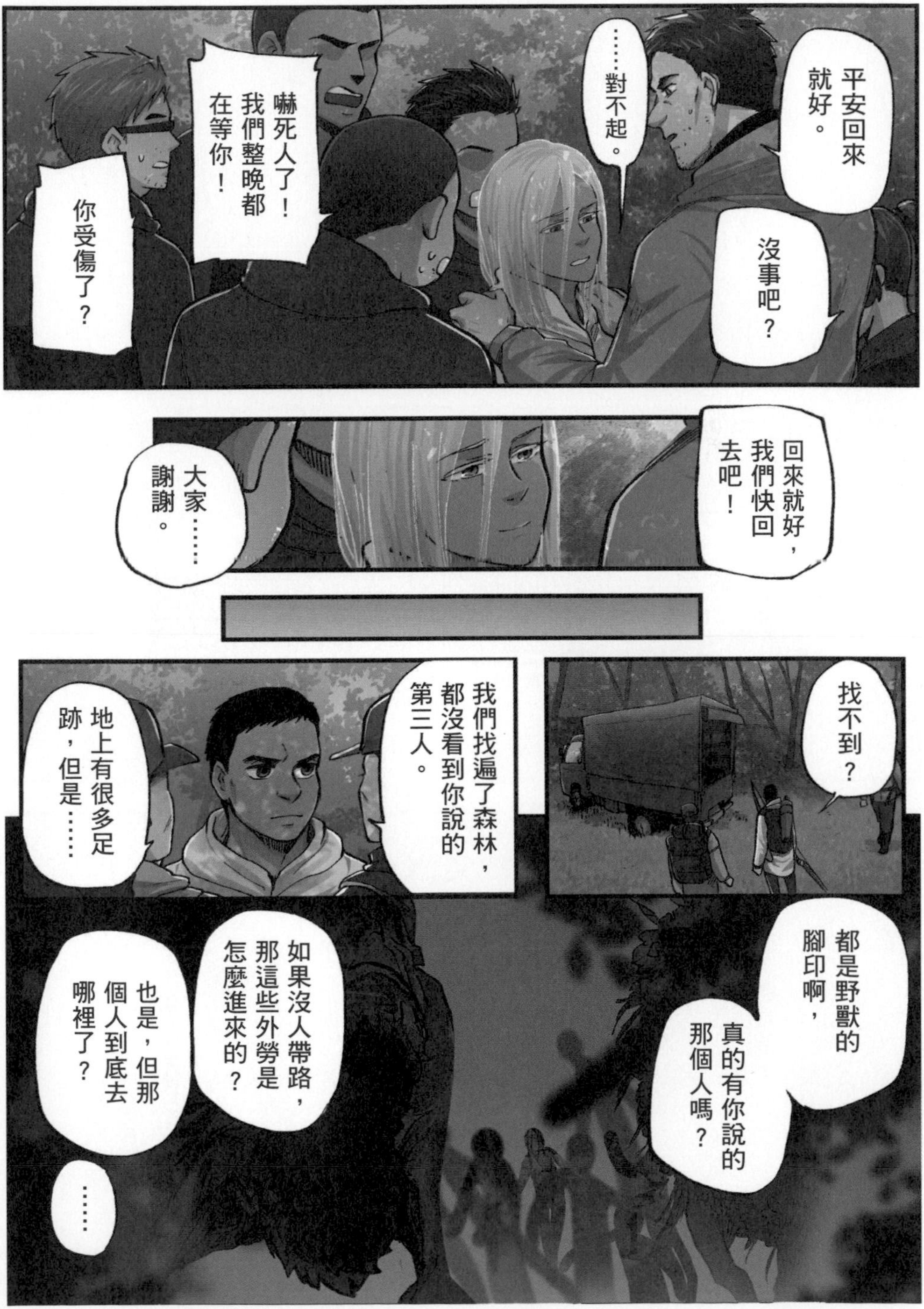
平安回來就好。
沒事吧？
……對不起。
嚇死人了！我們整晚都在等你！
你受傷了？
回來就好，我們快回去吧！
大家……謝謝。
找不到？
我們找遍了森林，都沒看到你說的第三人。
地上有很多足跡，但是……
都是野獸的腳印啊，
真的有你說的那個人嗎？
如果沒人帶路，那這些外勞是怎麼進來的？
也是，但那個人到底去哪裡了？
……

都跟你說多少次了，發現山老鼠後不要靠近、他們很危險，
對不起，爸爸。
他們有很多槍，真的會殺人的！
我只是想保護山……
爸爸才是巡山員，你還太小了，
森林交給我們來守護，
你應該跟教練下山，
把球打好，成為一個德高望重的偉大球員。
可是……
你在山裡只有一個人，如果你成為有影響力的人，就可以告訴大家山有多重要。
我們人微言輕，沒人要聽我們的話，更何況是山呢？

你要為了山，成為一個偉大的棒球員，知道嗎？
……知道了。
嗯……
房屋啊……
有種回到人間的感覺。

我們都叫他山的孩子，
馬博拉斯其實不是我的孩子……
那是在我剛開始當巡山員時……
！
山上怎麼會有小孩子？這麼漂亮是誰忍心……
難道你是精靈嗎？
我想是山賜給我的孩子吧，後來也以那座山為他命名，
那孩子很快就像馬博拉斯山一樣強壯。

我教他所有布農獵人的技巧，
即使一個人在森林探險，也不用我擔心。
族語說得比其他孩子還溜，學校功課也很好，尤其是體育……
馬博拉斯，
加入棒球隊吧！
棒球？旁邊那個嗎？
對！棒球是我們學校的驕傲！
很久很久以前，我們的棒球隊讓整個臺灣都感到光榮喔！
……好！
加入棒球隊的馬博拉斯就像山頂上的白雪那樣閃耀，

每次下山比賽，無論對手有多強，
他總是能突破對方的布陣，帶領球隊殺出勝路。
台東
請問是吳主榮先生嗎？
希望您兒子能來我們學校打球，我們會提供資源、營養金。
可是他才國小而已內！
教育不嫌早，請一定要慎重考慮看看！
想來挖角的人越來越多，
開出來的條件一個比一個好。

我本來是想至少等他上國中再出去
巡山員的薪水並不多，獵物也變得越來越少。
我知道養育一個球員要花很多很多的錢，
所以我讓他去了資源最多的學校，至少他會得到很好的照顧。
可是教練，那孩子跟我說他想回家。
……！
我不知道他在那所學校發生什麼事情，他也久久才回家一次，
一回來就跑進山中，我得去山裡把他抓回來才肯回學校。

我不要去！我不想回去！
為什麼，你不是很喜歡打球嗎？
我討厭打球！不要讓我回去！
我不想再打球了！
那些怪異的表現果然是有原因的。
……
……我剛剛失誤……很抱歉……
可是郭教練你不一樣。
……？
上高中後他沒有再吵著說要回來，
他一定是喜歡這個球隊吧，非常謝謝你照顧他！
我以紅葉獵人的名義保證，我兒子他真的非常厲害！

我要在這裡繼續保護山與森林，請你代替我好好照顧他，
將他訓練成優秀的球員，讓他能為了山林重新發光發熱吧！
……我會的。
馬博拉斯，
！
你搬出宿舍，來教練家住吧。
咦？真的嗎？
真的，你爸拜託我訓練你。
……！
好！

這孩子看起來沒什麼問題，
在山上時他是充滿自信的，
沒有道理下山後會變成另個樣子。
得找出原因才行。
啊
小心別撞到窗戶。
喔、呃……好……
不對，你都不用睡嗎？不要在車上用電腦啦！

哈哈的確有點不舒服，可是妳看！
……

我把大家的球卡能力都更新了！

不要那種表情嘛，大家真的都變強了。

雖然真的非常辛苦，
但是集訓成果一定能展現在《巔峰盃》的！
百岳訓落幕後，正式進入了九月，
暑假的結束，也代表高中棒球界最重要的全國大賽《巔峰盃》即將開幕！

導遊
雪羊
60cm高

之前就有繪製過大頭貼

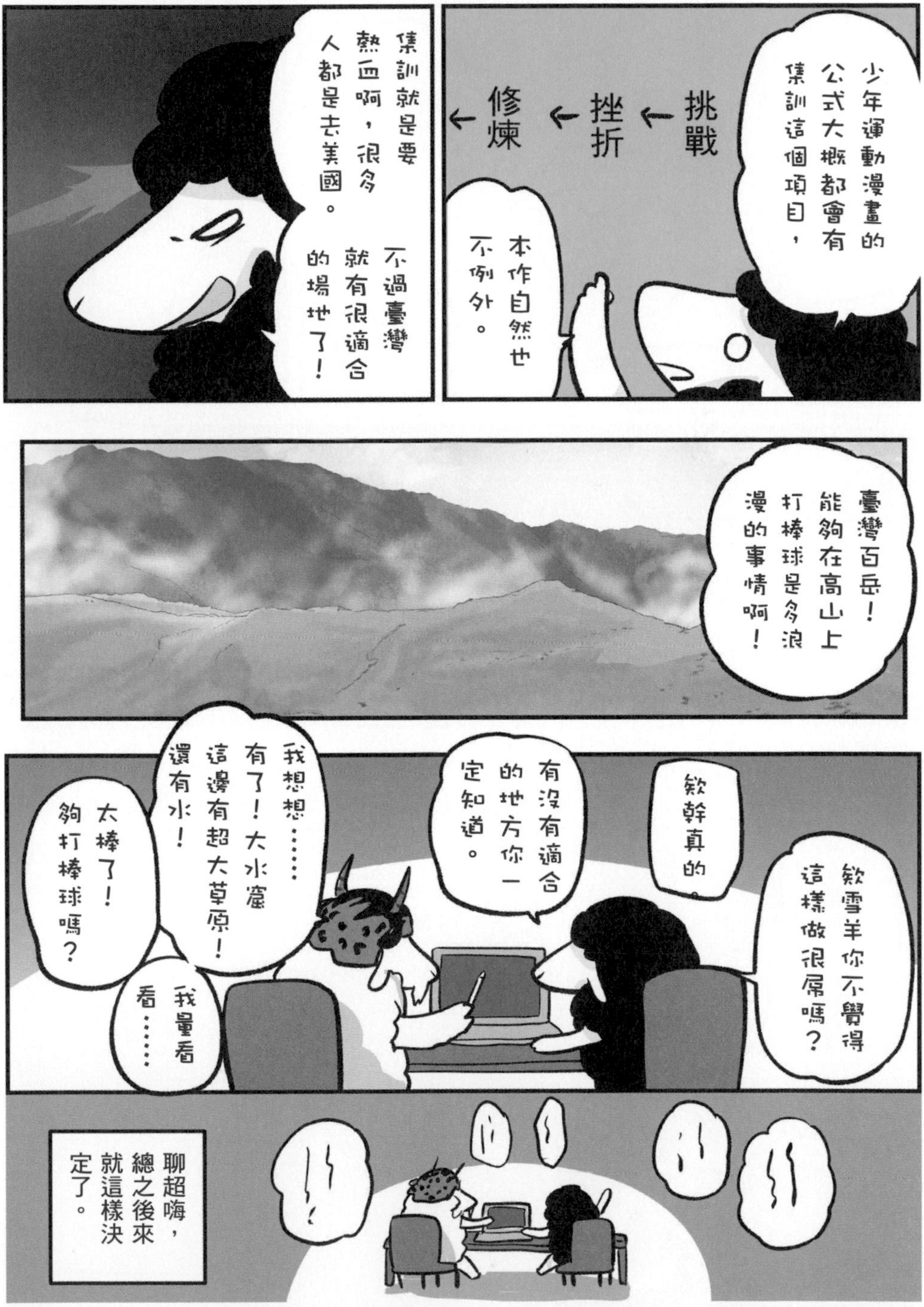
少年運動漫畫的公式大概都會有集訓這個項目，
挑戰←挫折←修煉
本作自然也不例外。
集訓就是要熱血啊，很多人都是去美國。
不過臺灣就有很適合的場地了！
臺灣百岳！能夠在高山上打棒球是多浪漫的事情啊！
欸雪羊你不覺得這樣做很屌嗎？
欸幹真的。
有沒有適合的地方你一定知道。
我想想……有了！大水窟這邊有超大草原！還有水！
太棒了！夠打棒球嗎？
我量看看……
聊超嗨，總之後來就這樣決定了。

不過感覺要實際上去走一趟比較好……
要先練過才上得去啦！
沒爬山的人突然上去會死吧。
我也這麼覺得。
大家不要小看登山喔。
不過其實我很怕夜晚的山林。
我很喜歡白天爬山，但沒辦法想像在山裡過夜。
也因此有了這次的山鬼篇。
非常感謝雪羊願意當顧問，給予各種建議讓集訓篇變得這麼精彩。
咩嘿嘿～

前幾集中提到我去臺東取材，看獵人處理獵物。
這是山豬
哇—
實際看到了老獵人的獵寮。
台東縣
座落在高山上的國小棒球場……
關於森林裡的那些戰鬥和各種傳說……
這一切對我來說都是如此迷人。
我也想讓大家看看這些臺灣擁有的事物，
所以以一半寫實，一半虛幻的手法，來呈現山神與山鬼。

馬博拉斯就是這樣的存在，
以富有傳說的色彩和精靈信仰，所創造出來的角色。
同時也藉由他述說球員從小就離宗打球的辛苦。
我討厭打
不要讓我回去！
棒球不只有光彩的那面，還有很多……
為了凸顯「國球」的榮光而更加深層的黑暗啊……
下一集我們談教育，會有一點沉重喔！
不過我覺得一定要有人持續談這件事，才有改變的機會。
再次感謝願意購買此書的你。

下集預告
雙刀流之路？
自己勝投自己打！
武德
Bú-Tik

Fun 081

棒球人生賽 5th

作　者—蠢羊（羊寧欣）
協　力—花栗鼠（韓璟）
主　編—陳信宏
責任編輯—王瓊苹
責任企劃—吳美瑤
美術協力—ＦＥ設計
內頁排版—執筆者企業社
贊助單位—文化部

編輯總監—蘇清霖
董事長—趙政岷
出版者—時報文化出版企業股份有限公司
一〇八〇一九台北市和平西路三段二四〇號三樓
發行專線—（〇二）二三〇六—六八四二
讀者服務專線—〇八〇〇—二三一—七〇五
（〇二）二三〇四—七一〇三
讀者服務傳真—（〇二）二三〇四—六八五八
郵撥—一九三四四七二四時報文化出版公司
信箱—一〇八九九臺北華江橋郵局第九九信箱

時報悅讀網—http://www.readingtimes.com.tw
電子郵件信箱—newlife@readingtimes.com.tw
時報出版愛讀者粉絲團—http://www.facebook.com/readingtimes.2
法律顧問—理律法律事務所　陳長文律師、李念祖律師
印　刷—華展印刷有限公司
初版一刷—二〇二一年五月十四日
定　價—新臺幣三三〇元

時報文化出版公司成立於一九七五年，並於一九九九年股票上櫃公開發行，於二〇〇八年脫離中時集團非屬旺中，以「尊重智慧與創意的文化事業」為信念。
（缺頁或破損的書，請寄回更換）

ISBN 978-957-13-8903-5
Printed in Taiwan